Willy der Stein

Der ewige Kreislauf der Dinge

AF171709

hidden live series

Über den Autor:
Geboren 1948, in Sachsen-Anhalt. Aufgewachsen in Baden-Württemberg. Dort eine Mechanikerlehre gemacht. Später in Berlin Maschinenbau studiert.

Bibliographische Information der Deutschen Nationalbibliothek:
Die Deutsche Nationalbibliothek verzeichnet diese Publikation in der Deutschen Nationalbibliografie, detaillierte bibliografische Daten sind im Internet über dnb.dnb.de abrufbar.

TWENTISIX - Der Self-Publishing-Verlag
Eine Kooperation zwischen der Verlagsgruppe Random House und BoD - Books on Demand

© Mai 2018 by Harry Schulze
alle Rechte vorbehalten

Herstellung und Verlag:
BoD - Books on Demand, Norderstedt

ISBN: 978 3 740 748654

Das Leben
geht hinter der Grenze,
die allem gesetzt zu sein scheint,
weiter.
Werden und Vergehen ist nicht
der Maßstab des Lebens,
sondern
Werden, Leben und Neuwerden.
Und sogar Verlorenes
kann sich wieder
neu finden.

Inhalt

Steine

Willy, der Stein

Herkunft

Der ewige Kreislauf der Dinge

Der Alltag

Der rücksichtslose Wanderer

Wenn das Frühjahr kam

Tobende wirbelnde Wassermassen

Alle paar Jahrzehnte

Sorgenfurchen

Eine Stimme durchbrach die Stille

Nachtrag

Steine

Es soll doch tatsächlich Menschen geben, die ernsthaft glauben, dass Steine leblose Dinge seien.

Dabei weiß doch jeder - na ja, vielleicht nicht jeder, aber doch die meisten - oder sagen wir mal einige Menschen, dass auch Steine, zumindest in gewisser Weise, lebendig sind.

Diese Menschen, die nicht glauben wollen, dass auch in einem Stein Leben sein kann, teilen alles ein, in belebte Natur, wie zum Beispiel Tiere und in unbelebte Natur, wie eben Steine.

Sie glauben doch tatsächlich, dass Steine nur tote Materie seien, unbelebt und ohne Seele, die nur einfach so da herum liegen, wie sie die Natur mal hingeworfen hatte.

Natürlich sind Steine, nicht wie Menschen oder Tiere, lebendig. Aber auch sie sind Teil des großen Lebens, und dieses kennt keine Grenzen.

Wer wachsam genug ist, kann das innere Leben der Steine entdecken. Wer ein empfindsamer Mensch ist und sich die Mühe macht, mal genau hinzuschauen, der sieht das vielfältige Leben, welches Steine ausstrahlen.

Es gibt zudem die unterschiedlichsten Steine. Da gibt es die kleinen runden Kieselsteine, die man glattgeschliffen in Bächen finden kann, oder die übergroßen, scharfkantigen Felsbrocken, die von einer Felswand durch den Frost herausgebrochen wurden. Da gibt es die flachen, kleinen Steine, die man über das Wasser hüpfen lassen kann, die dann flink viele Meter weit springen, oder die großen, schweren, unförmigen Findlinge, groß wie ein ausgewachsener Mann die ab und zu in der Gegend herumliegen.

Es gibt aber auch Edelsteine, die man tief in der Erde findet und die dann später wundervoll geschliffen in Tresore liegen, wenn sie nicht gerade einer hübschen Frau um den Hals hängen. Wenn man solche Edelsteine im Lichte der Sonne betrachtet, wenn Sonnenstrahlen ihr Inneres erhellen, erkennt man erst richtig, welch ein Farbenfeuer und funkelndes Leben, in Steinen stecken kann. Man will es kaum glauben.

Es gibt aber auch die fußballgroßen Steine, die am Rand von Bächen liegen, auch oben im Gebirge. Diese sind Steine, die einst mal vom Wasser herangespült wurden.

Sie befinden sich noch in der Nähe ihres felsigen Geburtsortes. Irgendwann einmal, vor undenkbar langer Zeit, waren sie aus einer harten Gesteinswand, langsam aber sicher, von Frost und Eis herausgebrochen worden. Sind folglich an der rauen Felswand hinuntergefallen, auf Felsvorsprünge aufgeschlagen, haben sich dabei ihre Ecken und Kanten abgestoßen, sind dann weitergerollt über Schnee und Eis, danach Geröllhalden hinunter und blieben letztendlich einfach irgendwo liegen.

Wenn im Frühjahr die Schneeschmelze kam, mit ihren Wassermassen, und der Frost loses Gestein nicht mehr halten konnte, wurden sie einfach durch abrutschendes Geröll vorwärts geschoben, stießen hart auf andere Steine, die schon dalagen, verloren dabei ihre restlichen Kanten und wurden mehr und mehr abgerundet.

Irgendwo, an irgendeinem Gebirgsbach, blieben sie dann für lange Zeit liegen. Über viele lange Jahre, Jahrhunderte sogar, schliffen kleine Sandkörnchen, die das Wasser über sie hinweg spülte, ihre Oberfläche immer glatter und glatter. Daher gilt für Steine ein viel längeres Zeitverständnis als für Menschen.

Willy, der Stein

Solch ein Stein ist Willy. Viele, viele Jahre liegt er schon am Rand eines kleinen Gebirgsbaches, hoch oben im Gebirge.

Es war zum Glück nicht zu hoch oben, und so gab es neben dem Bach doch ein recht vielfältiges Leben.

Unterschiedliche Gräser, bunte Blumen und andere Pflanzen wuchsen hier. Einige verkümmerte Kiefern hatten sich mit ihren Wurzeln im Gestein festgekrallt. Weil es für diese Bäume zu hoch und meist zu kalt war, konnten sie nicht richtig wachsen. Eine Gruppe kleiner Fichten stand etwas seitwärts.

Aber nicht nur Pflanzen und Bäume gab es hier, auch verschiedene Tiere lebten in dieser

Gegend. Bunte Schmetterlinge, flinke Eidechsen und zwitschernde Vögel.

Manchmal kam sogar eines dieser pelzigen Murmeltiere vorbei, die hier wohnten. Irgendwo zwischen den Felsen hatten sie ihre Behausungen. Da waren sie sicher vor Schnee, Eis und der Winterkälte. Waren sie aber außerhalb ihrer Höhlen, konnte es sein, dass ein seltsamer schwarzer Schatten über das Gelände huschte. Die Tierchen waren dann ganz schnell wieder weg.

Was das mit dem Schatten auf sich hatte wusste Willy anfangs nicht, erst später erkannte er, dass dieser von einem Adler stammte, der auf Beutejagd war. Aber das betraf ihn nicht.

Er lag meist nur so da, rekelte sich in der Sonne und ließ sich genüsslich seinen Bauch von den wohligen Sonnenstrahlen aufwärmen.

Eigentlich, wenn man genau hinschaute, war alles an Willy Bauch - ein runder dicker Bauch, so groß wie ein Fußball. Na ja, vielleicht noch ein bisschen größer und etwas flacher, jedenfalls groß und flach genug, dass ein Wanderer mit seinem großen Wanderstiefel drauftreten und mit einem weiten Schritt, die andere Seite des Baches erreichen konnte.

Gegenüber, auf der anderen Seite des Baches, lag Peter. Ein genau so fauler Kerl, auch so rund und oben noch etwas flacher als Willy. Peter war es dann immer, der den hinüberspringenden Wanderer auffangen musste. Seltsamer Weise kam fast nie einer aus der anderen Richtung.

Diese Leute drückten mit ihrem Gewicht, und die schleppten oft auch eine Menge Zeug mit sich herum, die beiden Steine fest in den lehmigen und felsigen Boden. Daher hatten die zwei eine gute und sichere Lage an diesem Bach. Das gab ihnen über viele Jahre einen festen Halt. So arbeiteten die beiden, ohne dass sie es wussten, für den Tourismus.

Peter und Willy waren Freude - dicke Freunde sogar. Beide waren hellgrau mit einem schwachen, bräunlichen Schimmer und ganz leicht gemustert, mit einem etwas dunklerem Grau.

Daher konnte man annehmen, dass sie die gleiche Herkunft hatten. Wahrscheinlich entstammten sie der gleichen Felswand. Womöglich waren sie sogar Brüder, aber sie sind schon so lange von ihrem Geburtsort weg, dass sie dies nicht mehr wissen. Vor undenkbar langer, langer Zeit waren beide hierher gekommen. Sie erinnerten sich kaum noch an ihre Reise.

Man sollte bedenken, dass die Zeitabläufe für Steine sehr viel länger dauern, als für Menschen. Hundert Jahre sind für sie fast wie ein Tag für Menschen.

Und das mit dem Erinnern, also ehrlich gesagt, viel Gehirn haben Steine nicht, wie sollten sie sich daher alles merken können, was vor so langer Zeit geschah.

Die beiden waren nicht alleine hier an diesem Bach. Neben ihnen, auf der Seite von Willy und etwas weiter dem Bach abwärts, lag ein kleinerer Stein.

Den nannten sie einfach Otto. Er war nicht von Anfang an da gewesen. An irgendeinem Tag, irgendwann nach einer heftigen Sturzflut, lag er plötzlich da. Keiner wusste wo er herkam. Nicht mal er selber konnte es richtig erklären. Aber man nahm dies nicht so wichtig, er war jetzt da und gehörte halt dazu.

Ein weiteres Stück unten, konnte man Rudi sehen. Er war fast so groß wie Willy und Peter.

Im Gegensatz zu den anderen war er wirklich eine richtige Wasserratte, denn er lag fast mitten im Bach und das den ganzen Tag lang - jeden Tag und das schon so lange er hier war.

Man kannte ihn nicht anders. Er meinte, es könne für ihn nichts schöneres geben, als ständig zu baden.

Und seine größte Freude hatte er dann, wenn große Wasserwellen so richtig an ihm herumplätscherten oder gar über ihn hinweg rollten. Dann war er glücklich.

Wieder ein Stück weiter, am Ende des Baches sozusagen, konnte man Heinrich sehen. Er war der Senior unter ihnen und auch der größte. Schon lange, bevor Willy und Peter ankamen, war er hier. Aber wie gesagt, das ist schon sehr - sehr lange her.

Ab und zu, erzählte er den anderen von den alten Zeiten, als seine Freunde Franz und Paul noch hier waren. Viele schöne Tage hatte er mit ihnen verbracht. Doch die beiden sind schon lange nicht mehr da.

Natürlich wurde er hin und wieder mal gefragt, wo denn seine Freunde abgeblieben waren. Dann wurde Heinrich jedes Mal sehr traurig und schwieg.

Er wusste es ja auch nicht. Aber jeder konnte sehen, dass nicht sehr weit entfernt von ihm, die Welt anscheinend zu Ende war. Der Bach verschwand einfach nach unten, über eine Felsenklippe hinweg und dann sah man nur noch Himmel und Wolken. Was danach kam wusste keiner, man hörte nur noch das Rauschen des fallenden Wassers. Tief musste es dort nach unten gehen - sehr tief.

Im Laufe der vielen Jahre, die Heinrich schon hier war, hat ihn sein Schicksal immer näher an diesen Abgrund herangebracht.

Er konnte damals nur zusehen, wie Franz und Paul, einer nach dem anderen, dort in diesem tiefen, unergründlichen Abgrund verschwanden. Ein letztes Lebewohl hatten sie sich noch zugerufen - dann war Heinrich allein.

Rudi, Otto, Peter und Willy waren zu der Zeit damals noch nicht da. Sie kamen erst später. Lange hat es gedauert, bis wieder ein Freundeskreis, so wie er ihn jetzt hatte, entstand.

Herkunft

Eine recht fröhliche Gemeinschaft waren sie im Laufe der Zeit geworden. Oft, wenn sie so in der Sonne herumlagen, begannen sie sich gegenseitig zu necken.

Manchmal, wenn eine etwas größere Wasserwelle zu Willy anrollte, spritzte dieser den Peter, der sich gerade so schön den Bauch sonnte, mit dem eiskalten Wasser nass.

Natürlich rächte sich Peter und Willy bekam, bei Gelegenheit, das wieder zurück. Aber Steinen macht die Eiseskälte nicht so viel aus wie Menschen.

Der Bach kam direkt von einem Gletscher. Dieser war zwar weit oben in den Bergen und von hier aus nicht zu sehen, aber das Wasser erwärmte sich nicht wesentlich, auf seinem Weg hierher.

Was jeder aber von hier aus noch sehen konnte, war eine steile, schroffe und dunkel wirkende Felswand hoch oben. Sie ragte so hoch auf, dass sie oft in den Wolken verschwand. Dann war sie nicht mehr zu sehen.

Eine gewisse Ehrfurcht überkam Willy jedes Mal, wenn er zu ihr hinauf blickte. Dem Peter ging es nicht anders.

„Peter, was denkst du, stammen wir wirklich von dieser Felswand ab?", fragte Willy.

„Ich weiß nicht recht", antwortete dieser, "sie ist so hoch da oben und wir sind hier soweit unten."

Beide entschieden sich, den Heinrich mal zu fragen, der wusste es vielleicht.

„Heinrich, was denkst du, stammen wir von der Felswand da oben ab oder nicht?", rief Willy.

Heinrich war nicht nur der älteste von ihnen, er hatte auch den besten Blickwinkel.

„Warum nicht", rief er zurück. „Von hier aus habe ich schon oft gesehen, wie neue Steine geboren wurden. Meistens geschah dies im Frühjahr, wenn das Eis da oben zu tauen begann. Dann lösten sie sich und purzelten an der Wand hinab. Aber mehr konnte ich auch nicht erkennen."

Das klang zwar sehr logisch, überzeugte Peter und Willy nicht so recht.

„Könnt ihr ruhig glauben", meldete sich plötzlich Rudi. „Ich bin mir ganz sicher, dass das stimmt, was Heinrich sagt."

Aber Rudi hatte sowieso ganz seltsame Ansichten. Ihm glaubten die beiden weniger als dem alten Heinrich.

Rudi war auch irgendwie anders als Willy und Peter. Wenn man genau hinsah, konnte man erkennen, dass er eine etwas andere Färbung und Oberflächenstruktur hatte, als die beiden.

„Du kannst uns viel erzählen", rief Peter voller Zweifel. „Dir glauben wir alles - alles - ha, ha", fügte Willy schnell hinzu und lachte dabei.

„Doch, glaubt mir", rechtfertigte sich Rudi. „es ist so, weil es das einzig logische ist. Denkt doch selber mal nach! Ich kann mich noch sehr gut daran erinnern, als ich selber noch ein junger, kantiger Stein war, damals vor vielen Jahren.

Und das war noch hoch da oben. Sicher weiß ich auch nicht mehr genau, was in meinen ersten Lebensjahren alles passierte, wer erinnert sich schon noch daran.

Aber wenn ich nachdenke, komme ich zu keinem anderen Ergebnis, als dass wir von da oben herkommen. Außerdem hat mir auf meinem Weg hierher vor langer Zeit, ein alter, weiser Stein, von dem ewigen Kreislauf der Dinge erzählt.

Ich dachte, ich hätte das schon einmal erwähnt, aber was soll's, ich erzähle es einfach noch mal. Hört also gut zu!"

Der ewige Kreislauf der Dinge

Und wieder erzählte Rudi, von dem ewigen Kreislauf der Dinge. Man sollte wissen, dass Rudi auf einen etwas anderen Weg als die übrigen hierher kam. Er hatte sozusagen ein anderes Schicksal und daher auch andere Erfahrungen. Und da das Thema ihrer Herkunft gerade aktuell war, wollte er sein Wissen einfach loswerden. Wieder einmal, sollte man dazu sagen.

„Auf meinem Wege hierher", begann er, „traf ich einen sehr alten Stein. Er war freundlich und auch sehr weise. Das sah man ihm sogar direkt an. Er hatte eine recht seltsame Oberfläche.

Ich fragte ihn woher er denn käme, und er sagte nur, er käme von da oben.

Ich sah zuerst die Felswand, die ihr auch seht, aber er zeigte auf eine andere, die sich an einem noch größeren Berg dahinter befand und kaum zu erkennen war. Ich staunte nicht schlecht. Diese Felswand hatte ich bis jetzt noch gar nicht bemerkt.

Er erzählte mir auch, auf welch verschlungenen Pfad er hierher kam.

Das war wirklich sehr abenteuerlich und kaum zu glauben.

Dann schaute ich ihn wieder neugierig und fasziniert an. Er hatte wirklich seltsame Verzierungen auf seiner Oberfläche. Ganz begeistert betrachtete ich diese Dinger. So etwas will ich auch haben, sagte ich zu ihm.

Da fing er an zu lachen, so wie ich einen Stein noch nie hatte lachen hören. Ich sage euch, ich musste einfach mitlachen.

Er sah, dass ich noch recht jung war und mich natürlich gleich für alles neue begeisterte.

Und wie das dann eben so ist, wenn man noch jung ist, man will alles interessante auch gleich haben.

Aber dann erklärte er mir ausführlich, was das für Verzierungen seien und woher er sie hatte. Er sagte mir, dass es sich um versteinerte Muscheln, Schneckengehäuse und Reste von Pflanzen handelt. Dann merkte er aber schnell, dass ich gar nicht wusste, was Muscheln eigentlich sind. Und Schnecken hatte ich bis jetzt auch noch nicht gesehen.

Daher erzählte er mir alles ganz genau bis ins Detail. Wir hatten ja wirklich genug Zeit. Was ist für uns Steine schon ein Jahrhundert.

Es handelte sich bei diesen Muscheln und den anderen Formen, so sagte er, um die übrig gebliebenen Reste kleinerer Tiere und Pflanzen, die vor sehr langer Zeit, einst in einem Meer lebten. Was von ihnen übrig blieb, sank auf den Grund des Meeres und versteinerte dort.

‚Meer? Was ist Meer', fragte ich.

‚Meer ist das große, tiefe Wasser, rund um unser Land', klärte er mich auf.

Ich hatte absolut keine Ahnung von dem, was er mir da erzählte. Die paar wenigen Regentropfen und die kleinen Wasserpfützen, die ich kannte - wie sollte ich mir da vorstellen können, was ein Meer ist.

Ich sah, wie er vor sich hinschmunzelte. Aber wir hatten ja Zeit - viel Zeit. Viele Jahre hatten wir miteinander verbracht. Und so erklärte er mir in dieser Zeit alles ganz klitzeklein.

Er erzählte mir ausführlich, dass es im Meer viele Fische gibt, große und kleine, die dort herumschwimmen. Und er sagte auch, dass dort auf dem Grund eine Menge Muscheln und Schnecken in ihren Schalen leben, die dort dann später herumliegen.

Er erzählte mir auch etwas von Krebsen, Korallen und noch vieles andere.

‚Alles Wasser fließt zum Meer', sagte er. ‚Zuerst regnet es vom Himmel, dann sammelt es sich in Bächen, diese fließen in Flüsse und die Flüsse münden letztendlich ins Meer.

Das Meer fließt aber nicht über, obwohl die großen Flüsse ständig neues Wasser hineinbringen.

Es ist nämlich so, dass aus dem Meer ständig feine Nebel aufsteigen, die zu Wolken werden. Diese sind vollgeladen mit unzähligen winzig kleinen Wassertröpfchen. Der Wind treibt diese Wolken über das Land und irgendwann, wenn sie ihre nasse Last nicht mehr tragen können, lassen sie alles fallen.

Dann fängt es an zu regnen, und der Kreislauf beginnt von neuem. Das Wasser rinnt die Berge hinunter, sammelt sich in den Bächen, fließt wieder in die Flüsse und letztendlich erneut in das Meer.'

Mir war aber immer noch nicht klar, was das mit uns Steinen zu tun hat. Daher erklärte er mir, dass wir Steine im Laufe langer Zeit zu Sand werden, weil Wasser und Geröll uns stetig voran schieben.

Das bewirkt, das unsere Kanten und Ecken nach und nach abgebrochen und abgeschliffen werden. Dadurch werden wir immer kleiner und kleiner. Erst werden wir zu runden, kleinen Kieselsteinchen und ein paar hundert Jahre später zu winzigen Sandkörnern. Regenwasser sowie die Bäche und Flüsse spülen uns dann nach und nach ins Meer hinein.

Ich war geschockt - das wusste ich wahrlich noch nicht. Ich sollte zu Sand werden - ich? Nie und nimmer, ich bin doch ein harter und fester Stein.

Er schaute mich belustigt an. Ich warf ihm vor, dass er Spaß mache und mich veralbern wolle. Aber er erklärte mir, dass es genau so sei, wie er es sage.

Ich verstand die Welt nicht mehr - soweit ich sie überhaupt verstand.

Ich solle bedenken, sagte er mir, dass dieser Vorgang viele Jahrtausende, ja sogar Millionen von Jahren dauere.

Das beruhigte mich ein wenig, aber auch nur ein wenig, denn das Leben eines Steines dauert ja eine Ewigkeit. Doch diese ist, wenn ich recht verstanden habe, leider auch irgendwann vorbei.

Ich wollte doch Leben und nicht gleich zu Sand zermahlen werden und für immer und ewig in einem tiefen und dunklen Meer versinken. Das musste ich erst einmal alles in Ruhe verdauen. Etwas bedrückt starrte ich in die Gegend.

Nach einer Weile fragte er mich, ob mich denn die Verzierungen, die er hatte, nicht mehr interessieren.

‚Muscheln sollen das sein, Schnecken und andere Lebewesen, die im Meer leben, hast du gesagt', murmelte ich vor mich hin.

Ich schaute mir die Sachen noch mal genauer an.

Aber dann, plötzlich, schoss eine Frage durch mein Gestein: MUSCHELN?

Muscheln, die ja eigentlich, wie er sagte, tief unten im Meer leben. Wie kamen denn Muscheln hierher? Und sie lagen nicht einfach hier so herum, sondern sie waren an ihm und wahrscheinlich auch in ihm.

‚Ich verstehe gar nichts mehr', kam es ungläubig aus mir heraus.

‚Bist du ein Zauberstein, oder was?', fragte ich ihn zweifelnd. ‚Du sagst alles fließt zum Meer und ins Meer und dann zeigst du mir Muscheln, hier hoch oben im Gebirge, wo nie ein Meer hinkommt.'

‚Ja - sagte er bedächtig, es scheint wirklich magisch, zumindest unlogisch. Es ändert sich eben alles in dieser Welt. Das ist der Kreislauf der Dinge - alles kehrt irgendwann wieder zurück. Ich will es dir aber genau erklären', meinte er und begann zu erzählen, dass all der

Sand, den die Flüsse ins Meer spülen, sich dort ablagert.

‚Auch all die vielen Schalen der Muscheln bleiben dort im Meer liegen. Sie werden nach und nach mit dem Sand, der herangeschwemmt wurde, zugedeckt. Mit der Zeit, wie gesagt, es dauert Jahrtausende, wird die Schicht des Sandes immer dicker und auch immer schwerer. Viele Schichten des Sandes legen sich über die Muscheln.

Im Laufe der folgenden vielen Jahre bäckt alles zusammen und wird hart. So hart, wie festes Gestein - so hart, wie wir beide.

Irgendwann, nach langer Zeit, heben mächtige Erdkräfte diese harte Sand- und Muschelschicht empor, hoch und höher. So hoch wie diese Gebirge hier. Und dann', er machte eine kurze Pause ‚dann beginnt alles wieder von vorn.

Frost und Eis brechen einzelne Brocken aus dem Gestein der Felswände heraus, lassen sie hinabfallen und schicken sie, auf diese Weise, hinaus in ein neues Leben.'

Ich staunte fassungslos. „Das heißt...", stotterte ich. ‚Das heißt', sprach er weiter, ‚ich war auch mal so ein Stein wie du - vor undenkbar langer Zeit.

Ich wurde zu Sand und das Wasser hat mich ins Meer gespült. Ja, ich bin meinen Weg gegangen und bin neu zurückgekommen. Ich hatte auch nicht gewusst, was mal aus mir wird. Aber die Kräfte des Lebens haben mich wieder hochgehoben und neu und schön gemacht.'

Ich sah ihn ehrfürchtig an. Er war wirklich ein sehr schöner Stein. Diese hellbraune Färbung und dazu noch seine vielen schönen Verzierungen, die er Muscheln und Schnecken nannte. Ich war fasziniert und sprachlos.

Er hat mir noch viel erzählt, von dem Leben, vom Werden, Vergehen und wieder Neuwerden. Seitdem sehe ich vieles nicht mehr so klein und begrenzt." Rudi schwieg. Alle schwiegen, eine Weile.

„Das hört sich alles so schön an, Rudi", unterbrach Heinrich das Schweigen, „und trotzdem - es ist ja schön neu geboren zu werden, aber es macht doch traurig, wenn man seine besten Freunde verliert." Heinrich dachte dabei an Paul und Franz.

Rudi versuchte ihn zu trösten: „Die siehst du schon irgendwann wieder, ganz bestimmt."

Absolut sicher war Rudi sich zwar auch nicht, aber er hatte dennoch ein gutes Gefühl. Außerdem ist es immer besser optimistisch in die Zukunft zu schauen. Das macht das Leben einfach leichter, auch wenn Sorgen einem bedrücken.

Der Alltag

Der Alltag kam ihnen wieder zu Bewusstsein.

Es war Sommer und überall blühten bunte Blumen. Eine Eidechse kam aus ihrem kühlen Erdloch gekrochen und überprüfte erst einmal die Gegend nach Gefahren. Sie brauchte etwas Wärme. Nach der kühlen Nacht in ihrem Erdloch wollte sie sich in der Sonne aufwärmen. Der schönste Platz war oben auf Willy. Sie legte sich einfach oben auf ihn drauf und ließ sich ihren Bauch von Willy wärmen. Der hatte schon etwas Sonnenwärme getankt. Ihren Rücken hielt sie ausdauernd in die warmen Strahlen der Sonne.

Willy hatte ein gutmütiges Wesen und absolut nichts dagegen, wenn sich eine kleine Eidechse auf ihm sonnte. Schließlich war sie ja kein schwerfälliger Wanderer, der gleichgültig dahergestapft kommt und mit all seinem Gewicht grob auf ihn drauf tritt.

Auf Rudi sprang gerade ein kleiner grauer Vogel herum. Er versuchte, etwas umständlich, ein wenig Wasser aus dem Bach zu trinken. Plötzlich aber, kam eine etwas größere Welle herangerauscht, und anstatt einen kleinen Schluck Wasser in den Hals, bekam er eine große Ladung Wasser über seine Federn geschüttet.

Entsetzt starrte er einen Moment regungslos in die Luft. Dann entschied er sich, es doch lieber an einer anderen Stelle zu versuchen.

Die Eidechse, die nur den Schatten des kleinen Vogels wahrnahm, verschwand vorsichtshalber blitzschnell wieder in ihrem Bau. Von dort aus schaute sie argwöhnisch heraus, ob nicht doch irgendwo ein gefährlicher Feind zu sehen war. Man weiß ja nie. Lieber vorsichtig sein, als womöglich noch gefressen werden, dachte sie wohl.

„He, schaut mal, was ich habe", rief jemand. Es war Otto - Otto, der Kleine, wie sie ihn nannten. Ein großer, bunter Schmetterling, war auf ihm gelandet. Die Flügel hatte er aufrecht zusammengefaltet, jeden Moment zum Abflug bereit - im Falle einer Gefahr.

Aber da war keine Gefahr, und so begann auch er sich zu sonnen. Er klappte seine Flügel weit auf und eine wundervolle Farbenpracht entfaltete sich. Otto freute sich mächtig, auch mal der Mittelpunkt, in dieser kleinen Steingemeinschaft sein zu dürfen.

Mit dem hochtrabenden Gerede von vorhin, konnte er ohnehin nicht viel anfangen. Es kommt ja doch alles so, wie es kommt, sagte er sich. Wer kann schon seinem Schicksal entfliehen und warum überhaupt. Wird nicht alles irgendwann mal langweilig.

Ein zweiter Schmetterling kam unerwartet angeflattert. Und dann vollführten beide einen bunten Tanz in der Luft, direkt über Otto.
Ein faszinierendes Schauspiel war da plötzlich im Gange. Alle gaben sich dieser kurzweiligen Unterhaltung hin.

Die bunten Farben, die wechselnden Bewegungen, das Auf und Ab, das Hin und Her, einfach bezaubernd.

Waren die Flügel aufgeklappt, so sah man prächtige Farbkombinationen, und im nächsten Moment war das bunte Farbenfeuer wieder weg.

Es war wie ein kleines, schönes Feuerwerk von bunten, leuchtenden Farben, Bewegungen und wechselndem Schatten. Die beiden Tierchen tanzten in der Luft vor der Kulisse von strahlend, schneebedeckten Berggipfeln, über denen sich ein tiefblauer Himmel ausbreitete. Ein wirklich phantastischer Anblick. Das waren die Momente, in denen alle glücklich waren und ihr Leben hier oben liebten.

Es schien alles eine wunderschöne, harmonische Einheit zu sein.

„Man sagt", ließ Heinrich sich hören, „dass diese Tierchen ihr Leben als kleine Würmer, oder besser gesagt, als kleine Raupen, beginnen. Sie müssen dann lange auf ihrem Bauch herum kriechen und genug Grünzeug fressen damit sie wachsen. Und sie müssen natürlich auch hoffen, dass sie nicht von irgendeinem Wanderer zertreten werden.

Irgendwann sind sie aber satt, dann legen sie sich irgendwo hin, um zu schlafen. Ihre Haut wird dabei richtig fest und hart, fast so fest, wie unsere Haut, fast steinhart also.

Eines Tages wachen sie aber wieder auf und merken, dass sie kein Wurm mehr sind. Sie haben sich während ihres Schlafes verändert und sind zu einem neuen Wesen geworden. Sie krabbeln aus ihrer alten Haut heraus und können nun umherfliegen und die Schönheit der Welt sehen."

„Oh Heinrich, sollen wir dir das wirklich glauben, was du uns da erzählst. Diese bunten sehr lebendigen Flattertierchen, die kaum einen Moment still sitzen können, sollen wirklich mal kleine, behäbige Raupen gewesen sein?

Nie, und nimmer", unterbrach Willy den Heinrich.

„Oder," mischte sich Peter ein, „willst du uns weismachen, dass vielleicht auch wir Steine, irgendwann aus unserer harten Haut herauskriechen und plötzlich ganz andere Lebewesen sind, die vielleicht auch herumfliegen oder zumindest herumspringen, so wie die Gämsen?"

„Ihr seid wirklich nicht viel herumgekommen", ließ Rudi sich hören. Er war wirklich ein vielschichtiger Stein, der irgendwie mehr verstehen konnte.

„Natürlich werdet ihr nicht aus eurer Haut herauskriechen können, aber eines Tages werden diese Wanderer, die hier ab und zu vorbeikommen, den einen oder anderen von euch mitnehmen und etwas anderes aus ihm machen."

„So? Was denn?", fragte Peter neugierig dazwischen.

„Zum Beispiel einen Schmuckstein für ihren Garten, oder einen Eckstein für ihr Grundstück, oder einen Gedenkstein, der sie an eine Sache erinnern soll, die sie nicht vergessen wollen", erklärte Rudi.

„Das sollen wir dir nun glauben, woher weißt du das denn überhaupt?", stichelte Peter weiter.

„Ja liegt ihr denn hier wirklich nur herum und stellt euch taub, wenn diese Wanderer kommen. Die reden doch die ganze Zeit. Habt ihr denn in all den vielen Jahren nicht auch mal zugehört. Anscheinend nicht, denn dann wüsstet ihr doch, dass es nach einem Leben ein anderes, ein weiteres gibt. Die erzählen doch immer wieder über solche Dinge", klärte Rudi die anderen auf.

„Ich habe in meinem Leben so viel gehört und manches scheint wirklich unglaublich", meldete sich Heinrich erneut, „und wenn mir in meiner Jugendzeit hier oben, jemand gesagt hätte, dass ich irgendwann zwei so skeptische Jungsteine wie euch und einen so schlauen Jungstein wie Rudi hier haben werde, hätte ich ihm das auch nicht geglaubt."

„Alles ändert sich, nichts bleibt gleich. Mal geht es schnell, mal dauert es unzählige Jahrhunderte und zudem ist oft vieles ganz anders, als man denkt", warf Rudi wieder ein.

Danach wurden den Freunden wieder andere Themen wichtig.

Nun sollte man nicht denken, dass dies hier ein geschwätziger Steinhaufen sei, denn was für Menschen nur ein paar Minuten dauert, zieht sich bei Steinen über viele Tage, Wochen, Monate oder gar Jahre hin. Steine haben ein sehr, sehr, sehr langes Leben. Zeit hat hier bei ihnen, einfach eine andere Bedeutung. Bis ein Wort ausgesprochen ist, könnte es schon mal ein paar Tage dauern. Das können Menschen natürlich nicht hören. Sie meinen vielleicht, dass es nur der Wind wäre.

Der rücksichtslose Wanderer

Ab und zu kamen, wie schon gesagt, auch mal Wanderer vorbei. Ein kleiner Wanderpfad führte hier oben herauf. Er schlängelte sich durch die Wiese direkt zu Willy und Peter. Das war für die Wanderer gerade gut, konnten sie doch über Willy und Peter, den kleinen Gebirgsbach mit einem großen Schritt überqueren. Mal kamen sie einzeln und mal in Gruppen. Egal von welcher Seite sie kamen, sie traten immer auf einen der beiden. Ein fester Tritt auf einen der Steine und schon waren sie auf der anderen Seite des Baches.

Die glaubten wohl alle, dass die beiden Freunde nur aus dem einen Gunde dalagen, Wanderer schnell über den Bach zu helfen. Oft fanden Willy und Peter das ja ganz interessant, aber manchmal wurde es ihnen auch recht lästig. Besonders dann wurde es unangenehm, wenn sie in Gruppen kamen, und einer dem anderen hinterher trappelte. Das schien dann manchmal absolut kein Ende nehmen zu wollen.

„Wenn das so weitergeht, dann versinken wir noch tief in der Erde!", beschwerte sich Peter manchmal. Er hatte schließlich auch guten Grund zu schimpfen, denn zur Hälfte stak er ja auch schon drin.

Für die Freude waren Menschen wirklich sehr seltsame und fremdartige Wesen. Und außerdem, woher sollten Steine auch wissen, was für Wesen diese zweibeinigen Erdenbürger eigentlich sind. Wer erklärt denn schon einem Stein, zu welcher Art Kreatur Menschen gehören. Bergziegen, ja das war klar, die kannte jeder, aber Menschen?

Mal ehrlich, eigentlich braucht man doch nichts erklären, denn wenn man sie erlebt, diese Menschen, kennt man sie doch auch schon.

Da kamen große, kleine, dicke, dünne, leichte und schwere, vollbepackt mit allerlei Wanderutensilien und ein paar seltsame Typen waren manchmal auch dabei.

Diese Leute müssen wohl Herbstmenschen sein, vermutete Willy, aber Peter verstand nicht, was er meinte.

Im Herbst fallen doch von verschiedenen Bäumen bunte Blätter herunter und diese Menschen verlieren auch ab und zu ihre bunten Blätter, erklärte Willy.

Woher sollte Willy auch wissen, dass es keine Blätter von den Bäumen waren, sondern lediglich buntes Einwickelpapier von Bonbons oder anderen Süßigkeiten.

Zum Glück blies aber der heftige Wind, der hier ab und zu weht, alles wieder ins Tal hinunter, zurück zu diesen Menschen.

Im Laufe der vielen Jahre, hatten sich die beiden an diese komischen Geschöpfe, die sich Menschen nannten, gewöhnt. Na ja, wie man sich eben dran gewöhnt und doch nicht dran gewöhnen kann.

Einmal, und daran muss Willy ab und zu noch denken, wobei er sich das Lachen nicht verkneifen konnte.

Einmal hatte er einen solchen achtlosen Wanderer gewaltig geärgert. Da kam irgendwann so einer an. Einer von der Sorte, die glaubten ihnen gehöre die ganze Welt. Dem schien es auch egal zu sein, worauf er trat, auf einen Stein oder einen Käfer. Es interessierte ihn einfach nicht.

Willy merkte dies, als er sah, dass ein kleiner Käfer nicht schnell genug zur Seite krabbeln konnte, und dann leider zertreten liegen blieb.

Dem werd' ich's zeigen, dachte sich Willy. Und als der Wanderer mit seinen schweren Wanderstiefeln auf ihn trat, um über den Bach zu springen, neigte sich Willy absichtlich ganz leicht nach vorn. Das hatte für den Wanderer unerwartete, schlimme Folgen. Er rutschte nämlich beim Auftreten auf Willy ab. Dabei kam er aus dem Gleichgewicht und - platsch - seiner ganzen Länge nach, lag er plötzlich im eiskalten Gebirgswasser.

An diesem Tag war sogar noch etwas mehr Wasser im Bach als gewöhnlich. Das Wasser tat seine Wirkung. Mit Eiseskälte überspülte es die Haut des Wanderers und durchtränkte seine ganze Bekleidung - Hosen, Jacke, Hemd, Schuhe, einfach alles.

Eiligst stand er wieder auf und machte, dass er aus dem Wasser kam. Er schimpfte und fluchte gewaltig. Willy bekam Worte zu hören, die er bis zu diesem Tage wirklich noch nie gehört hatte. Allerdings hatte er auch noch nie einen durchnässten und ärgerlichen Wanderer erlebt. Alle lachten was das Zeug hielt.

„Das geschieht dem recht", hörte Willy den Peter neben sich, „wer so rücksichtslos daherkommt, braucht sich nicht wundern, wenn er plötzlich auf der Nase liegt."

Es war für sie alle das lustigste, was seit langem passierte war. Tagelang redeten sie noch darüber.

Es war wirklich eine sehr schöne Zeit, für Willy und die anderen hier oben im Gebirge. Im Herbst und Frühjahr schmückten sie sich mit dem üppig wachsenden Moos und im Winter setzten sie sich weiße Häubchen aus dickem Schnee auf.

Wenn es dann mal besonders kalt wurde, staunten sie immer wieder, wie der Bach, einfach so, sein Bett mit einem durchsichtigen Fenster aus kristallklarem Eis zumachte. Dann konnte es schneien, soviel es wollte, es störte den Bach dann einfach nicht mehr.

Wenn das Frühjahr kam

Der Winter war eine ruhige Zeit, es war einfach nichts los. Aber wenn das Frühjahr kam - dann war was los. Dann brach förmlich die Hölle über alles hier herein.

Vor dem Frühjahr hatten sie, ehrlich gesagt, alle Angst - eine Heidenangst. Dann kam nämlich die Schneeschmelze und damit das Tauwasser von den Bergen, und mit dem Wasser kam eine ganze Menge Geröll und Schutt von den Geröllhalden, weiter oben. Und alles, was keinen, festen Halt hatte, wurde einfach mit weggerissen.

So ging es dann tagelang und man konnte nur bangen und hoffen, dass alles an einem vorüber gehen würde, ohne großen Schaden, oder gar noch unheilvolleres anzurichten.

Bisher war es meistens gutgegangen und nichts wirklich schlimmes war passiert. Alle fanden sich normalerweise, nach diesen Frühjahrskatastrophen, unversehrt wieder. Doch im folgenden Frühjahr war es anders. Otto war weg. Otto, der kleine, der meist immer nur so leise piepste, wenn er mal was sagen wollte.

„Das musste ja mal so kommen", kritisierte Rudi, „der hat sich nie so richtig festgehalten. Schade um ihn, aber was soll man machen. Wie oft habe ich ihm gesagt, dass er sich besser festhalten soll. Nun ist's geschehen, wirklich schade, aber was soll's irgendwann sehen wir uns ja doch alle wieder."

„Du hast gut reden", schimpfte Peter plötzlich los, „du mit deiner fragwürdigen und womöglich noch erdachten Lebensphilosophie. Dir macht das alles wohl gar nichts aus."

„Leute, hört doch auf euch was vorzuwerfen", vernahmen sie Heinrich, „ihr ändert doch sowieso nichts damit. Freut euch doch, dass ihr noch da seid. Es hätte euch doch genauso treffen können."

Alle schauten beschämt zu Heinrich, der zwar ruhig, aber auch sehr ernst dalag.

Und plötzlich sahen sie, dass auch Heinrich nicht mehr dort lag, wo er noch letzten Sommer lag. Er war zwar noch da, die Wassermassen hatten ihn nicht in den Abgrund gerissen, aber er war ihm ein großes Stück näher gekommen.

Ihnen wurde klar, dass es eigentlich nur noch eine Frage der Zeit war, bis auch Heinrich aus ihrer Mitte fortgerissen wurde. Keiner wollte mehr was sagen. Daher schwiegen sie eine lange Zeit.

Aber der Sommer kam und mit ihm wieder das bunte Leben und Treiben. Insekten summten über sie hinweg. Farbenprächtige Schmetterlinge tanzten im Sonnenschein, Eidechsen krochen flink zwischen ihnen herum, und mancher kleine Vogel landete auf dem einen oder anderen, um sich ein paar Schluck Wasser aus dem Bach zu holen.

Bunte Blumen blühten wieder und auch der eine oder andere Wanderer kam, um hier hoch oben, in der frischen, klaren Luft von seinem Alltag auszuspannen. Im Sommer war die schlimme Zeit der Schneeschmelze vergessen und das Leben war lustig wie eh und je. Nur Heinrich, war sehr besinnlich geworden. Er wusste, dass seine Zeit bald gekommen war. Was würde wohl werden, fragte er sich immer und immer wieder. Welcher Ungewissheit würde er wohl bald entgegengehen?

Er zog sich mehr und mehr von der kleinen Gemeinschaft zurück. Einmal, weil er einfach keinen Sinn mehr in allem hier fand und zum anderen, weil er es seinen Freunden nicht zu schwer machen wollte, wenn die Zeit des Abschieds gekommen war. Still und leise wollte er dann gehen, ohne großes Aufsehen.

Endlos lange Jahre hatte er hier gelegen. Früher, vor langer Zeit, lag er mal dort, wo Willy und Peter jetzt lagen. Aber das Schicksal treibt jeden voran. Es kennt in dieser Hinsicht keine Gnade.

Zuerst freut man sich, wenn es voran geht im Leben und ist auch noch stolz darauf, doch dann, plötzlich, eines Tages, hat man alles hinter sich gelassen und weiß nicht, was noch werden soll.

Heinrich kannte alle Vorgänge des kleinen Baches hier. Er sah die einen kommen und andere gehen. Mit Freude hatte er sich einst, vor vielen Jahren, vorangearbeitet, war zum Mittelpunkt dieser kleinen Gemeinde hier geworden und hatte sich über die Achtung, die man ihm entgegenbrachte, sehr gefreut. Seine Position war fest und viele, die nach ihm kamen, hatten noch vor ihm diese kleine Idylle hier, wieder verlassen müssen. Doch auch ihn schob das Schicksal unerbittlich auf seinem Lebensweg weiter. Auch er hatte irgendwann verstanden, dass es an ihm nicht halt macht. Langsam verließ er im Laufe der Jahrzehnte die Mitte der kleinen Gemeinde hier. Dann wurde er für die anderen zu so etwas, wie eine Graue Eminenz, die man gerne um Rat fragte. Doch seine eigentliche Zeit lag längst hinter ihm, das war dem Heinrich inzwischen klar geworden. Was kann jetzt schon noch kommen, fragte er sich oft ein wenig bekümmert. Die Ungewissheit quälte ihn sehr. Nur Rudi holte ihn manchmal aus seinen trübsinnigen Gedanken heraus. Er ahnte wahrscheinlich, über was Heinrich nachgrübelte.

„Heinrich, was soll's, noch bist du da und außerdem, wir sehen uns ja doch alle irgendwann wieder, irgendwo in einer schöneren Welt, ganz sicher. Mach dir keine schweren Gedanken. Freu dich einfach, dass du noch bei uns bist."

Heinrich lächelte dann still vor sich hin und dachte nur, der Rudi, mit seinen fixen Ideen, der macht es sich ganz schön einfach. Der glaubt doch wirklich alles, was er mal gehört hatte. Aber wer weiß schon was die Zukunft wirklich bringt? Trotzdem, den Rudi man muss einfach mögen.

Tobende wirbelnde Wassermassen

Das nächste Frühjahr kam und mit ihm die Schneeschmelze. Wieder tobten wirbelnde Wassermassen über sie hinweg, angefüllt mit allerlei Schutt und Sand, wie jedes Jahr.

Das Brausen und Toben wollte kein Ende nehmen. Willy und Peter mussten sich mit aller Kraft in ihren Mulden festhalten. Jetzt waren beide froh darüber, dass diese lästigen Wanderer sie mit ihren schweren Wanderstiefeln, etwas tiefer in die Erde gedrückt hatten. Daher besaßen sie einen recht guten Halt.

„Was war das?", rief Willy zu Peter.

„Was meinst du?", kam kaum hörbar die Rückfrage.

„Na das schwere Ding, welches geraden an uns vorbeigezischt ist."

„Keine Ahnung, was das war, ein Baumstamm womöglich."

In Willy wuchs ein schlechtes Gefühl heran und eine Ahnung beschlich ihn. Wenn das hier vorbei war, würde wohl nicht mehr alles wie vorher sein.

Als einige Tage später die Wassermassen weniger nachließen, und der Bach sich wieder beruhigte, konnte man deutlich sehen, was alles geschehen war.

„Wo ist Heinrich?", rief Peter. Aber Heinrich war weg. Sprachlos starrten sie alle dahin, wo bisher Heinrich lag. Rudi rief laut in die Richtung in die Heinrich verschwunden war:

„Mach's gut Heinrich und warte auf uns, wir kommen auch irgendwann." Aber wohl fühlte er sich dabei nicht.

Es war eine gähnende Leere entstanden, fühlbar, spürbar, als ob ein Stück aus ihrer Seele herausgerissen worden war.

Heinrich, der Senior, war immer ihre Orientierung und ihr Ratgeber gewesen. Er mit seiner Erfahrung, wusste meist eine Antwort auf die Probleme. Doch jetzt waren sie nur noch drei - nein - halt, wer ist das?

Zwischen Peter, Willy und Rudi, lag ein Neuer.

Die Trauer um Heinrich vermischte sich mit der Neugier, die der Neue verursachte. Wo kam der denn her?

Er war noch ganz benommen, von dem tiefen Fallen und hartem Aufschlagen auf andere Steine. Verletzungen hatte er sich dabei, leider auch zugezogen. Einige Kanten waren ihm abgebrochen und etwas runder war er dabei geworden. Langsam kam er wieder zu sich und schaute sich ängstlich um.

„Du bist noch am Leben", hörte man die vorlaute Klappe von Rudi, „kannst ruhig aufwachen."

„Wer seid ihr denn?", fragte er vorsichtig.

„Oh", meinte Rudi, „wir sind Peter, Willy und Rudi. Rudi bin ich. Willkommen in unserer Runde."

Der neue brauchte lange, bis er sich eingewöhnt hatte. Noch vor kurzem war er hoch oben in der Felswand gewesen und ein Teil von ihr. Unvorstellbar, von daheim abgetrennt zu sein und nun irgendwo herumzuliegen. Und doch war dies geschehen. Die weite Aussicht, der klare Blick über das weite Land, und hoch über den Wolken im Sonnenschein zu baden, das fehlte ihm doch sehr. Wie konnte es nur geschehen, dass er in die Tiefe stürzte, hinab ins Ungewisse, weg von seinem Zuhause.

Man sah ihm an, dass er noch recht jung und daher ungeschliffen und kantig war. Im Gegensatz zu den anderen, die schon Schliff hatten und vom Schicksal gerundet waren, hatte er nur seine ersten Schrammen bekommen.

Aber die Zeit machte nicht seinetwegen Halt. Sie verrann weiter, wie eh und je. Und so kamen Frühling und Sommer mit all ihren bunten Farben und ihrem lebendigen Treiben. Er lebte sich ein, und im Laufe der Jahre wurden sie eine fröhliche Gemeinschaft von Freunden.

Alle paar Jahrzehnte

Alle paar Jahrzehnte waren die Winter besonders sch1imm. Dann sammelte sich der Schnee massenweise an. Kam dann das Frühjahr mit zu vielen warmen Tagen, mit Sonnenschein und viel milder Luft, so schmolzen in sehr kurzer Zeit zu große Mengen Schnee auf einmal.
Das Schmelzwasser stürzte sich dann tobend und alles mit sich reißend die Berge hinab. Eine graue, eiskalte Brühe ergoss sich in die Tiefe. Solch ein Frühjahr brach plötzlich über den kleinen Gebirgsbach herein. Die Welt schien aus den Angeln gehoben zu sein.
Der schmale Bach wurde breit, wie ein kleiner Fluss. Brodelnde Wassermassen, wälzten sich durch ihn und über alles hinweg, was da so herum lag. Gurgelnd, stampfend, ziehend, drückend und reißend, jagte das eiskalte Wasser dem Abgrund entgegen. Geröll, Schutt, Erde, alles, was loszukriegen war, riss es mit sich.

Wild und aufwühlend stürzte er sich über die Freunde hinweg und die steile Felswand hinunter. Auch abgerissene Äste von den wenigen Bäumen, die hier noch wuchsen. Sogar einen kleinen Stamm spülte das reißende Wasser dem Abgrund entgegen.

Irgendwann aber, findet alles sein Ende. Und der Gebirgsbach wurde wieder ein kleiner, normaler Gebirgsbach, wie er es eh und je war. Alles wurde wieder friedlich und freundlich.

Doch der Bach war nicht mehr so, wie vorher. Das Wasser hatte ganze Arbeit geleistet.

Nachdem nun alles wieder überschaubar war, merkte Willy, dass für ihn eine neue Zeit hereingebrochen war.

Entsetzen und Trauer durchzogen Willy. Rudi war weg, Peter war weg, obwohl der wirklich einen guten Halt gehabt hatte. Nur er selber, Willy, war noch da. Doch auch er kam nicht ungeschoren davon. Er lag jetzt dort, wo Heinrich einmal war. Nur der neue lag noch an seinem Platz.

Aber weitere vier neue Artgenossen waren dazugekommen. Dort wo vorher er, Peter, Otto und der vorlaute Rudi lagen, machten sie sich jetzt breit.

Es waren, wie der neue, auch raue und kantige Burschen, die noch ungeschliffen waren. Zudem hatten sie auch eine ganz andere Färbung, als Willy. Sie mussten wohl von einem anderen Teil des Berges stammen.

Willy tat sich sehr schwer mit ihnen. So richtig konnte er sich nicht mit ihnen anfreunden, sie waren einfach nicht nach seinem Geschmack.

Ihm fehlten halt seine alten Freunde. Trotzdem kamen sie doch irgendwann miteinander ins Gespräch. Und da Willy die anderen anständig behandelte, bekam er von ihnen auch genügend Respekt. Er war nun mal jetzt der Senior hier, und das wurde beachtet.

Nun erst konnte Willy den alten Heinrich verstehen, der einstmals hier lag, als er, Willy, selber noch ein neuer, junger Bursche, in diesem Bach war. Jetzt war er es, der den neuen Mitgliedern die Lebensweisheiten vermittelte.

Er erzählte von den vielen schönen Zeiten, die er hier erlebte und von den alten Freunden, die ihn schon lange verlassen hatten. Er schilderte ihnen ihre Angst, die sie alle vor den tobenden Wildwassern hatten, die sich jedes Frühjahr durch den Bach und über sie hinweg stürzten.

Und er erzählte ihnen auch davon, wie er einmal einen unachtsamen Wanderer langgestreckt hatte, mitten in das eiskalte Wasser hinein und wie dieser dann nass und schimpfend davonzog.

Auch erzählte er von der Lebensweisheit, die Rudi von dem seltsamen Stein, mit dem ungewöhnlichen Aussehen erhalten hatte, dem Rudi in seinen jungen Jahren begegnet war.

Staunend hörte man Willy zu. Er lebte dann immer auf, wenn er der Mittelpunkt dieser kleinen Gemeinschaft sein konnte.

Dass es einmal so kommen würde, hätte er sich nicht träumen lassen, als er selber, vor langer Zeit, hier noch der jüngste war.

Sorgenfurchen

Die Jahre waren schön, so wie sie immer waren. Nur für Willy war da etwas, was ihm doch sehr sorgte. Es war der sehr geringe Abstand zu dem nahen Abgrund. Alles Wasser und was es mit sich riss, verschwand auf Nimmerwiedersehen hinter der zu nahen Felskante.

Sorgenfurchen schienen sich im Laufe der Zeit, in Willys Oberfläche einzugraben.

„Was wird wohl werden?", dachte er oft bei sich, „meine Zeit wird sicher auch bald zu Ende sein und dann, wer weiß was dann wird, vielleicht ist alles aus, kein Leben mehr, keine bunten Sommer mehr - nichts mehr."

Die anderen bemerkten natürlich seine trüben Gedanken und versuchten ihn, so gut es ging aufzumuntern. Aber die Realität war nicht zu übersehen.

„Noch bist du bei uns, genieße einfach dein Leben, solange es geht", sagten sie zu ihm.

Doch eines Tages kam dann das, was mal kommen musste - ein harter Winter mit sehr viel Schnee, dem eine schlimme, sehr schlimme Schneeschmelze, mit tobenden Wassermassen folgte.

Alles was dem Wasser im Wege stand, wurde beiseite geschoben oder herausgerissen. Die Wassermassen stürzten sich von den oberen Felsen über die Geröllhalden hinunter, alles mit sich reißend, was sich nicht halten konnte. Eiskaltes graues Tauwasser, floss wirbelnd, strudelnd und alles packend und mit sich zerrend, abwärts. Es ergoss sich aufschäumend in den kleinen Gebirgsbach und machte ihn zu einem reißenden, gefährlichen Wildwasser.

Es packte Willy, rüttelte ihn hin und her, hob ihn hoch, setzte ihn krachend gleich wieder hin, schob, drückte und zog ihn Millimeter um Millimeter dem Abgrund entgegen. Willy wurde herumgestoßen, er wusste nicht mehr, was oben und unten war. Er knallte mal hiergegen, mal dort gegen. Röhrende, gurgelnde

Wassermassen umtobten ihn. Die Welt schien für ihn unterzugehen. Seine Kraft sich festzuhalten reichte bald nicht mehr. Dann kam die Felskante, der Abgrund, und Willy stürzte in die tiefe, dunkle Leere.

„Aus und vorbei mit meinem Leben!", Ging ihm noch durch seinen Kopf.

In seinen letzten Sekunden zogen die Erinnerungen seines Lebens, wie in einem Filmstreifen, an seinem inneren Auge vorbei. Schöne Zeiten waren es doch gewesen, dachte er noch, dann wurde ihm schwarz vor Augen und er verlor die Besinnung.

Dunkelheit und tiefe Stille - unermesslich tiefe, rabenschwarze Stille, war alles, was es danach noch für ihn gab.

Eine Stimme durchbrach die Stille

Eine lange Zeit war vergangen. Wie lange sie dauerte, konnte keiner sagen. Doch plötzlich durchbrach eine helle, laute Stimme die tiefe, dunkle Stille:

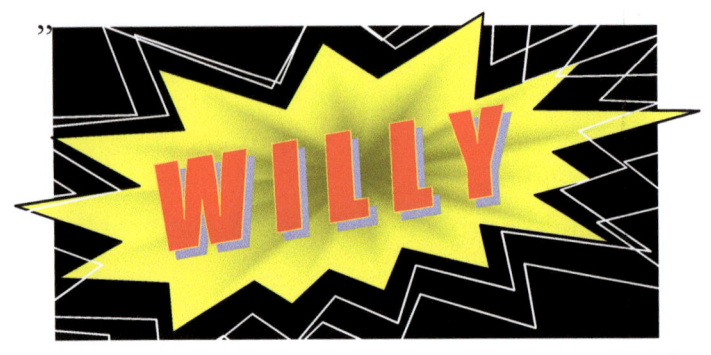

Willy hörte laut und deutlich seinen Namen.
„He Willy, du kannst ruhig wieder aufwachen, du bist noch nicht im Himmel!"

„Himmel?" In Willys Bewusstsein begann sich etwas zu regen.

„Himmel - Unsinn! Für Steine gibt es doch gar keinen Himmel! Auf so was dummes kann doch nur einer kommen - Rudi.

RUDI?

Rudi war hier?"

Wie Blitz und Donnerschlag durchfuhr der Gedanke Willy.

„Nu mach schon Willy, du bist nicht tot, ein bisschen angekratzt vielleicht, aber nicht tot!"

Wieder hörte Willy die Stimme. Sie klang wirklich wie Rudis Stimme.

„Wenn ich hören kann", dachte Willy, „dann bin ich ja wirklich nicht tot."

Langsam und etwas ungläubig begann Willy seine Umgebung zu prüfen. Da war Licht, und er hörte Geräusche. Da war keine dunkle, tiefe, schwarze Stille.

Ein Freudengefühl durchfuhr ihn und er jubelte: „Ich lebe -ICH LEBE - **juhuu** - ich lebe."

„Na klar lebst du. Schau dich mal um, wer hier noch so alles lebt. Die kennst du alle ganz bestimmt."

Vorsichtig schaute sich Willy um. Er konnte kaum glauben, was er sah.

Alle waren sie da - Rudi, Peter, Otto und auch Heinrich war da. Er kam aus dem Staunen kaum heraus. Über ihm erstreckte sich ein neuer blauer Himmel, der Bach war breiter geworden und weit konnte man seinen Lauf verfolgen. Irgendwo in der Ferne verschwand er im Dunst. Die Natur ringsum war grüner, bunter und viel üppiger als vorher.

Vieles gab es hier, was er nicht kannte, weil es in den Höhen nicht wuchs.

„Na, was habe ich gesagt Willy, wir sehen uns irgendwann wieder. Glaubst du es nun?"

Aber Willy war noch viel zu sehr überrascht, um antworten zu können.

„Schau mal Willy", hörte er Heinrich rufen, „ich will dir Franz und Paul vorstellen, die sind auch hier. Du weißt doch, Franz und Paul, von denen ich dir erzählt hatte."

Willy schaute sich um und sah zwei Steine ganz in der Nähe von Heinrich liegen. Sie waren Heinrich in Form, Größe und Musterung ganz ähnlich. Die beiden schauten freundlich zu ihm herüber.

„Schön dich mal kennen zu lernen", sagte einer von ihnen. „Heinrich hat uns schon viel von dir erzählt. Ihr müsst ja alle eine gute Zeit gehabt haben, da oben. Aber hier unten ist es auch sehr schön - vielleicht sogar noch schöner. Du wirst schon sehen, Langeweile gibt's hier bestimmt nicht."

Auch Peter und Otto freuten sich mächtig den Willy wiederzusehen. Ihm selber kam es vor, als sei er nun Zuhause angekommen.

Eben noch hatte er darum gekämpft, nicht aus seinem angestammten Platz heraus- und weggerissen zu werden. Dabei hatte er ja seine

Zeit gehabt und ehrlich gesagt, der Gebirgsbach, da oben, war sowieso nicht mehr so richtig sein Bach gewesen. Es war ihm ja alles fremd geworden.

Und nun - eine neue interessante Welt lag vor ihm, mit neuen Abenteuern und neuen Erlebnissen und seine alten Freunde waren auch wieder da. Vor was hatte er sich nur die ganze Zeit gefürchtet?

fin

Nachtrag

Wenn man diese Geschichte aufmerksam liest und versteht, dann - ja dann soll bloß keiner kommen und sagen, Steine wären leblos und hätten keine Seele. Und wenn dies doch einer behauptet, dann kann das bloß so ein superschlauer Mensch sein, der alles weiß und letztlich doch keine Ahnung hat.

Weitere Titel

Der kleine Scout
Untertitel: Den eigenen Leitstern finden
Es ist die Geschichte eines kleinen Jungen in einer schwierigen Situation. Von Zuhause wegzulaufen, erscheint ihm als einzige Lösung. Ein alter Landstreicher, den er am Abend zufällig trifft, erzählt ihm, wie er seine Situation erfolgreich handhaben und neuen Mut finden kann.
Es entsteht interessantes ein Gespräch, in dem der Junge lernt, seine Situation neu zu betrachten. Er lernt die Chancen zwischen seinen Interessen und den Herausforderungen seines Lebens zu erkennen. Im Grunde genommen ist jeder ein Pfadfinder und muss immer die nächste Etappe auf seinem eigenen Lebensweg suchen und finden.
ca. 80 Seiten

Bill und die Wunder
Untertitel: Begegnung mit einer größeren Realität.

Brav zu sein und sich anzupassen verlangt unsere Gesellschaft, und wenn es drauf ankommt erlebt man, wie leer doch die Worte sind. Dann bleibt eine Konfrontation nicht aus, und letzten Endes hat man seinen eigenen Weg zu suchen und zu gehen. Dann beginnt das eigene Wachstum und unerwartete Dinge geschehen. So in dieser Geschichte.
Auf der Suche nach Antworten führt der Weg einen jungen Mann in das Gebirge. Dort findet er mit Hilfe eines Fremden, den er unterwegs kennen lernte, Antworten, die ihn sehr erstaunen lassen.

ca.85 Seiten